마른 작설잎 기지개 켜듯이

국립중앙도서관 출판시도서목록(CIP)

마른 작설잎 기지개 켜듯이 : 김정웅 시집 / 김정웅 지음.
— 파주 : 문학동네, 2004
  p. ;   cm
ISBN 89-8281-917-7 02810 : ₩7000

811.6-KDC4
895.715-DDC21   CIP2004002133

마른 작설잎 기지개 켜듯이

김 정 웅   시 집

문학동네

自序

　십육 년 만의 세번째 묶음이다. 돌아보니 참, 아득하다.

　그러나, 오랜 세월을 용케도 아주 넋놓고 살지는 않았구나, 하는 생각도 드는 것이어서 비록 뒤늦었을지라도 나름대로는 가상키도 하다.

　그 가상함이 나잇값을 더 보탠 다른 시집으로 한번 더 이어졌으면 한다.

2004년 겨울

김포 수안산 자락 벽정 우물가에서

김정웅

차례

1부

아무리 다듬어도 끝낼 수 없는

눈물의 돌
돌의 눈물
시의 돌에 새겨보는

못물에 비친 기러기들
못물 밖의 울음소리

그 지렁이 한 마리가

스카이라이프 다큐멘터리 화면 속
티베트의 한 사내가 삽질 멈추고
두 무릎 꿇고 조심조심
흙 한 줌 들어올린다
그 흙 속에서
지렁이 한 마리 꿈틀거리고
부삽 같은 두 손이 공손하다
어느 조상일지도 모르니
다시, 잘 모셔야 된다는 것이다

콩담빛 나라
구들짝 같은 얼굴

엉뚱하지만 편안하다
문득, 티베트의 최면에 걸리고 싶다

그리운 명당

명당에 살려는 것이 아니라 그리웠습니다
바로 말하면
산자락 그치는 곳 물길 감돌아나가듯이
똥누기 좋은 곳 눈여겨보며 무작정 다녔습니다

고통과 배설 두루 얼얼하고 안녕할 곳
살아 있는 똥이라면 잠시라도
어찌 그런 곳 그립지 않겠습니까

동물들 쩔쩔매며 똥눌 자리 가리듯이
냄새가 살아 있는 한
사람의 똥도 명당이 그립습니다.

기쁨에 죽고 슬픔에 산다면

기쁨은 가볍다
그래서 빨리 사라지고
슬픔은 무겁다
그래서 오래 남는구나

꽃들아 피우기 전에 미리 터지거라
낟알들아 슬픔아 흩뿌리지 말고
일용할 주먹밥처럼 꽁꽁 뭉치거라
주먹 같은 눈물이라는 말도 있나니

우리가 만일
기쁨에 죽고 슬픔에 산다면
꽃아 너는
내가 한 사랑을 만나
열에 들떠 잠 못 이루던
그 몇 날뿐이었나니

슬픔의 부스럼인
기쁜 꽃아 꽃들아

그러나 너 아니면
가장 큰 슬픔이
꽃인 것 어찌 알았으랴

내 몸이 어느새

사람 사는 일 일념삼천(一念三千)
눈 한 번 깜박이는 사이
팔만사천 생멸이 있다 하는데

내 맘에는 그것은 아무래도
끝없는 감격일 것이니

어느 새파란 날
느닷없이 가슴 차이는 듯한, 이따금씩
이 까닭 모를 슬픔도 이유 있는 것이라면

가령, 눈물 한 방울일지라도
내 몸이 어느새
팔만사천 번쯤의 의논 끝에
넌지시 밀어내는 눈물이라면
틀림없는 어떤 감격이 아주 없을 수는 없을 것이니

사람의 한평생
세상 뜰 때도
세상 떠날 만하겠지, 감격적으로……

대명포구에서

비낀 해가 한 발 더 물러서더니
어느새 세상 아주 서먹하네
대명 앞바다 목 밑까지 부풀었네
저문 하늘 풀벌레 소리
찌르릉 찌르릉 사방에서
별 솟아나듯 수선떠네

이제 무슨 불 낯바닥에 양손 모두 델 듯한
조바심칠 일이야 더 있을까마는
저 미물들, 무슨 말인지 모두
알아듣고 응답할 수 없어 귀 먹먹하네

내 평생 공부 게으름을 탓해보지만
이미 거듭 뉘우친 일
다만, 이 저물녘 추포(秋浦)의 풀벌레 소리
무슨 응급의 전화벨 소리 같은
기쁨인지 울음인지 모를

예사 소리 예사롭지 않아
시 한 줄 예감할 뿐이네.

저 민둥산의 빈자리
—동의눈돌 신재용 의원에게

남의 병 고치고자 하는 사람은
곧 뜻(意)이다, 들었느니

이 머리털 뽑아
저 민둥산의 목마름 헤아리겠구나

의원이여
이제 더 뽑을 머리카락도 없는
그 민둥산의 빈자린
무엇으로 메우려나

미긴 유월 어정 칠월 건듯 팔월이란다
어느새
건듯 불려간 어미와도 같이

미긴미긴 나의 유월이여
어정어정 나의 칠월이여

건듯건듯 나의 팔월이여

아픔아
사람은 얼마나 아프면 죽느냐

봄편지

잠들기 전에 미리 날이 밝고
잠깨기 전에 미리 어두웠습니다

언제 내 마음의 가지 끝에서 떠났는지 모를
마지막 봄꽃잎 하나가
어느 외지를 떠돌다 다시 돌아왔는지
생각의 오랜 문틈으로
그 발목만 힐끗 내다보입니다

신발이 온통 너덜너덜
도무지 마련이 없군요
나는 오래도록 할말을 잊었습니다

이슬 속의 솔잎

—谷泉 李正信 화백에게

솔잎이 이슬방울
꿰었는가 싶었더니

이슬들
이슬 속 솔잎 밀어내고

허공에서 이슬들
솔잎 밀어내고

아득하구나
저 우주로……

아하, 누가 석양에 미리 등을 밝히네

요즘은 시골이라 해도 어딜 가나
초가지붕 없어져서 그러한지
그 흔한 참새 얼굴 한번 보기 어렵고
오일장 서는 날 양곡 장마당 둘러봐도
낯익은 고향 어른 찾아보기 어렵다
어쩌다 갓난애 안고 들른 한 조카딸년
날 보고 할아버지라며 고사리손 흔들더군

아하,
누가 석양에 미리 등을 밝히네

지구의 텃새

지구가 따뜻해지니
철새도 어느 곳에선
텃새 됐다지?

텃새 된 철새는 고향 놔두고
편히 살기 위해 고향 버린 셈이지만
텃새는 고향 떠나본 적 없으니
아예 고향이 없는 새일까?

인간이 지구의 텃새라면
두고 온 고향은 그 어디일까?

한 십 년 똥리야까를

인도 여행에서 돌아와서
나는 줄곧
외발 손수레 굴렸네
똥리야까 굴렸다네

북인도의 어느 도시 어느 길거리든
그 흔하디흔한 흰 소들
쓰레기통 끝없이 기웃거리는
그 반어적인 성자들의 장독 같은 허기로
인간의 말들을 뒤지다가
문득 생각났네

버리지 않고는 얻을 수 없는 양식
시쓰는 일은 언어의 도랑치기라는 것을.

그렇다네. 내 외발 손수레가 바로 똥리야까!
똥리야까라는 말로 더 잘 통하는 줄 몰랐었네

그런데, 그 수레
무엇을 싣든지 간에 그저 똥리야까라는데
하기사, 무엇이든 곰삭으면
똥이면서 성스러운 거름일 것이니
그렇다면 아무래도
거름의 왕 노릇할 인간의 것이 실릴 때는
그것 참, 썩 잘 어울리더군.

그 똥리야까 굴리는 재미로 한 십 년
말을 거의 잊고

화답(和答)

I

그때
강화 정수사(淨水寺) 돌계단 몇 개
다시 꺾어 한 발짝 막 내려디딜 때
그 계단에 그림자 드리우던 낙락장송 한 그루?
아니면, 웬 낯선 너도밤나무 그림자던가?
느닷없이 누군가 내게 물었다
'조사서래의?'
거기서는 잠자코 집에 돌아온 뒤
내 마음 혼자 뒤적거리다가 끝내 못 참고
번역문 책갈피 뒤져 남의 문답 엿들었다

'달마가 동쪽으로 온 까닭은 무엇인가?'
'뜨,을,아,뢰,잔,나,무,우?'

II

절집 곳간 문풍지 틈새로
황소 타고 드나들다 붙들려
마음의 두 발목 부적으로 눌리고
입 속의 도끼 꺼내
스스로를 자르다가 그 몇 해지?

김포로 이사한 이후 참 오랜만에
동국문학인회 모임 들러 소주도 몇 잔
음주운전 단속 아니라도 걷고 싶어서
장충단서 차 세워둔 인사동까지
딸애의 오피스텔 새벽녘 도착했을 때
술도 깨고 열쇠도 맞는데
문이 안 열렸다

누군가 앞서

단추 눌러놓은 13층에서
엘리베이터 먼저 열리는 대로 미리 내렸지
남의 방문에 열쇠 밀어넣고 주인 행세했지
그 죄 몽땅 단죄한다면
갯벌 속 바늘밭
아득하여라

허둥지둥 14층 마지막 올라
진짜 내 방문 자물통도 숨죽이고 돌릴 때
아, 하늘문 열리는 소리

그러나 실은 그때
누군가 또 내게 물었다

'조사서래의?'
'찰까닥 찰까닥'
나는 즉시 내 자물통 다시 한번

잠갔다 열었다!

좁은 문

바늘구멍을 통과하려는
낙타처럼
바늘구멍만한 마지막 숨통마저
스스로 목 조이게 된다면 안 되겠지

우선은, 목숨의 풀무질부터 열심히!
들숨 날숨 따라 눈금을 긋고
그 눈금 위의 솜털들이 각기
상과 벌의 눈금이 되고
초등학교 졸업식장의 일 년 개근상장 같은
상인지 벌인지 모를 그런 눈금들
그 눈금의 털끝마다
천수천안(千手千眼) 또 새기다가

수평을 이루고 수평을 잊은 저울대처럼
좁은 문과 좁은 문 안팎 모두 잊고
문지방이란 문지방 그냥 활짝

그 좁은 문 안으로

못 찾겠네, 저 꾀꼬리

거북아 거북아 머리를 내놓아라
머리를 내놓지 않으면 구워먹겠다

언덕 사람들 작대기를 휘두르네
인산인해의 거북 등에 올라서서

거북 등 깨네 거북 등 깨네
거북 등 무너지는 줄도 모르고

거북 머리 소리칠수록
더 움츠리는 줄도 모르고
어쩌나! 거북바위 쐐기를 박네

거북아 거북아
거북이 없네 머리도 없네

2부

꿈인지 생시인지

미당(未堂)이 세상 뜨고 나서
꿈인지 생시인지
한동안 못 쓰던 글을
아픈 몸으로
이틀 밤 새워 월간조선에 산문 60매
내친김에 시 한 편 더 얻었길래
자위 삼아 그 얘기를
홍신선에게 했더니
애비 초상에 활갯짓 났군, 그런다
딴은 그런가 생각노니
글쟁이라는 것
참, 모질구나!
꿈인지 생시인지

미당(未堂)의 휘네스 꽁초

짝 잃고
곡기 끊고
천장만 올려다보다가
어쩌다 한 번씩
외톨박이 황새 모이 찍듯이
맥주 한 모금
고추장에 마늘쫑 한 번 찍고
연기 두어 모금 하고 눌러끄고……

미당은
그 꽁초의 찌그러진 델
다시 곱게 매만지고 재떨이에 놓아두고
또 그렇게
새 담배에 불붙여서
놓고, 놓고, 놓고, 놓고……
쌓고, 쌓고, 또 쌓고……
재떨이에 가지런히 산만큼 쌓이는

미당의 그 휘네스 담배꽁초는

짝 잃고
곡기 끊고
천장만 올려다보다가
어쩌다 한 번씩
외톨박이 황새 모이 찍듯이
맥주 한 모금
고추장에 마늘쫑 한 번 찍고
연기 두어 모금 하고 눌러끄고……

참 눈물겹더군
참 아름답더군
이승의 쇠그물 속 졸업한
말이 그냥
시가 되는 사람은

마른 작설잎 기지개 켜듯이

그해의 첫눈 내렸다가
살짝 지워진
십일월의 내설악 백담계곡

백담사 밤 깊은 골물 소리에
마음 묶였다 풀리고
풀리다 다시 묶이고

물소리 움켜쥐면 물 없고
물 움켜쥐면 물소리 없고……
잠깐, 그 골물 움켜쥐면?

뜨거워라!
청정수에 통째로 풍덩
한번 더 얼었다가
네 활개 활짝 폈다

동안거 들기 바로 전
뜨거운 물 속에서
마른 작설잎 놀라 기지개 켜듯이
녹빛으로 다시.

미시령 그 단풍

복잡한 물줄기들이
단순한 강변을 그리워하듯이
산 아래쪽으로 차츰 물들던
단풍 물들다 말고
아니, 초록 저고리 벗다 말고

내설악 미시령 그 단풍
아직,
더 머뭇거릴 세월이 남았던가?
시월 초순의 따가운 햇살 속에서는
차라리 스산한 산 중턱의 초록 속에서
다시 바라보는 미시령 꼭대기 그 단풍

그것은 시절 놓친 계절산들의
마지막 유언의 아름다운 수사(修辭)가 아니라
거대한 땅 속 방광(膀胱)에 말을 끌어들이다가
한 번쯤 내뿜는 불의 숨결

이 가을,
나이 쉰일곱의 산 아랫도리에서
비로소 처음,
저 단풍 속곳의 야릇한 암내를!

두번째 문수산

다시 고향에 살면서
고향 찾아다니다가
초등학교 육학년 봄소풍 때 처음
올랐던 문수산을 새로 뚫린
서쪽 휴양림 숲길로
서먹서먹 오른다.

아직 진달래 꽃망울 다시 부풀기 전의 쌀쌀함!
언제 금이 갔는지 버팀목 얼기설기
이맛돌 이고 섰는 문수산성 홍예문에서
산 아랫도리부터 길 비벼진 잡목 수풀 위로
눈자위만 걸린 옛 동쪽과 마주하느니
아직도 삼각산은 멀고
강화섬은 발밑인데 문득
아, 발밑!
문수산 두 번 오르니 사람의 한 생애로구나

갑곶이 다리, 저 외줄 붙잡고
생시에 간신히 매달린 강화섬 눌린 꿈 같은
그 줄 놓치고 서해 바닥으로
낙일(落日)처럼 방금 떠밀릴 듯
햇빛 속에 지워지는 흰 빛처럼 명줄들
철이른 삼베 속의 알몸 같은
아, 내 발밑.

텃밭에 그리다

어머니의 삼우제를 지내고 돌아와서
한동안 돌보지 못한
텃밭머리 나가본다

이따금 밭고랑에 엎드리는 나를
지켜 서 계시던 어머니의 텃밭머리
아직은 유월 초승인데 어느새 풋고추가
둑새마다 그렁그렁하다

그런데
무슨 이슬방울들이
또 그렇게 크게 매달렸는지

석 달 열흘 배롱꽃처럼

석 달 열흘 배롱꽃처럼
꽃이라도 피워보는 거라

겨우 몇 날, 자지러질 듯
겨우 몇 날, 발광할 듯
진땀 내음 나는 봄꽃 아니라

한여름 석 달 열흘 간지럼꽃
피는 듯 지고
지는 듯 피고
심심한 마음이면 아주 심심해질 때까지
심심해서 마음 아주 편할 때까지
헛것이면
헛꽃 그대로 피워보는 거라

석 달 열흘 배롱꽃처럼
그냥 피워보는 거라

호랑나비 애벌레·하나

호랑나비 애벌레 기어간다

매끈한 녹색 나무줄기에선
녹색 번데기 되고

꺼칠한 갈색 나무줄기에선
갈색 번데기 되고

(색깔을 더듬어서 알다니!)

호랑나비 애벌레 기어간다
녹색 아니라도
매끈한 곳이면 녹색 번데기

(녹색은 새 줄기고 새 줄기는 매끄러우니까)

갈색 아니라도

꺼칠한 곳이면 갈색 번데기

(갈색은 헌 줄기고 헌 줄기는 꺼칠하니까)

정직한 시행착오는 아름답다

보호색만 아니라면
인간도.

호랑나비 애벌레 · 둘

시드니 올림픽 공기소총
본선 결선 합계 497.5점
올림픽 타이 기록 397점
낸시 존슨과 대결 마지막 열 발째
0.2점 차이 은메달……
생활보호 연금가정
월남전 상이용사 아버지 병원 업고 다님
아버지 사망 일 년여 항상 밝은 표정
18세 여고생 강초연

'사는 데 고생 많이 했겠다'
'처음부터 그렇게 살았기 때문에
어렵거나 고생스럽다 생각한 적 없다
조선오백년사 고려사절요 읽었다'

호랑나비 애벌레 다시 기어간다
어디로?

애기장수야
태양의 심장 아니더면 어떠냐
중천에 솟은 달의 옆구리를 쏘아
세상은 때 아닌 은가루 뿌린다
초가을 때 아닌 눈벼락 쓴다
몇천 몇만 냥의 넓은 금쟁반에
세상은 저 순은의 적설량을
고이 받을 수 있을까
저 가슴 굳게 다문 바위 틈바구니에
웬, 작은 날개 같은 것 자꾸 푸들거린다
이 말고 무슨 마땅한 이야기 있어 지금
세상 한번 고루 덮으랴
옛날 얘기 아니구나, 애기장수야
달리는 세상의 등짝에
너는 매달렸다.

집초당(集草堂)

온갖 풀과 꽃들이
한 문으로 드나드네

그 문은
어디 있나?

더 찾을 바 없으면
한 문인들 어디 있으랴

여우불

봄동산 여우불
타는 그 불길 내 맘 아니더라
타는 사랑도 내 맘 아니더라

봄동산 여우불
내 사랑은 내 마음 아니더라

불타는 내 사랑
나 바라는 대로 불붙지 않네
내 사랑, 가고 싶지 않은 그 길을
그예 넘실넘실 넘어가네

봄동산 여우불 내 사랑
흘낏흘낏 날 돌아보네

내 사랑은 사랑할 수 없는 것을
아직 더 사랑하네

사람이 아름다울 때

모든 슬픔이 아름다운 것은 아니지만
아름다운 것은 모두 슬프다

모든 사람이 아름다운 것은 아니지만
사람의 뒷모습은 모두 아름답다

그렇지만
슬픈 사람 뒷모습도 아름답지 않을 때는
잠깐 뒤돌아볼 때
뒤돌아볼 때의 그 눈빛 때문이다

그래서,
우리들 주검은 모두 눈꺼풀을 덮어준다
닫힌 창문도 커튼을 내린다
슬픔이 지순하도록 아름답도록,

살아서는 누구의 영혼도

온전할 수 없었을 터이므로.

못다 쓴 시

어느 해던가
한국일보 송현클럽
정규웅 형 맏딸 결혼식장에서
길 건너 국립박물관 스키타이 황금전으로
돌아나오던 발걸음 잠시 멈추고
동십자각 부근 늦가을 석양 속에서
이제 곧 할아버지가 될
그의 마음을 슬쩍 열어보았지

아니, 내 마음속의 그의 마음을 열고
기원 전후 수세기의 흑해 연안
스키타이 식 황금유물과 지금 여기
삶과 문학과 저널리즘을……
그의 황금시대는? 그리고 나는?

함부로 봉합할 수 없는
못다 쓴 시 한 줄로

광화문 일대의 길 더듬을 때
그 은행잎새들

인간의 마음을 지우고
그냥 가슴을
지천으로
아, 황금잎새들!

바라나시 시편·하나

밤의 갠지스 강 만나러 가는
강변의 계단*에 이르는 길목은
한결같은 꽃걸이의
한결같은 꽃거리더구나

붉고 희고 노란 꽃송이들의
뜻 모를 그 삼색 꽃걸이들은
생사를 잇는 노끈의 굴레던가?
삼세를 잇는 노끈의 굴레던가?

아랑곳없이 발목 잡혔다 풀려나고
풀려났다 다시 잡히는 노천 바닥엔
흰 무명천 뒤집어쓴 시신들
띄엄띄엄
쇠똥처럼 거리낌없이 누웠더구나

그렇더구나

갠지스 강 높이 뜬 달

보름인가 했더니 열나흘 달

바라나시 시편 · 둘

바라나시의 갠지스 강은 위대한 때밀이였습니다만
그 강물
내 마음의 때 한 벌도 벗겨내지 못하고
온통 너덜너덜
누더기 만들었습니다

거미

하늘의 은총인가 했더니
역시 덫이었습니다.

아무리 정교하고 아름다운 덫일지라도
덫은 덫인 까닭에
덫만 엮다보니
거미줄에서 놓여날 수 없는
오오, 가엾은

3부

불암산(佛岩山) 성 베네딕트 · 처음 기도

앞가슴 부여잡은 술병 대신
양초 한 자루로 찾았습니다만
그마저 태울 일은 없었습니다

갈릴리인지, 강화 앞바다인지
어린 날,
두레박과 함께 자주 곤두박질하던
고향집 돌우물 속인지
꺼질 새 없이 줄 잇는 켜는 촛불이
사흘 밤 내내
집어등 불빛처럼 어른거렸습니다

(한 번만 죽었다 깨게 하소서, 잠을 주소서
기리에, 불쌍히 여기소서)

불암산(佛岩山) 성 베네딕트 I

누구인가
밤마다 나에게 물었다
지금 네가 있는 곳이 어디냐고
밤새 묻고 되물었다

나흘 만에 겨우 고쳐서
다시 대답했다
천지간에 내가 있는 곳이면
잠시라도 그곳은 나의 집이라고

그리고
깊이 잠들었다 피정의 집에서
내 집답게 누워.

불암산(佛岩山) 성 베네딕트 Ⅱ

잡는 이 아무도 없지만
오늘 또 하루
수도원 뒤켠 애기솔밭에
마음 묶어놓고
흉흉한 떼망초 사월 싹들을 캤습니다

아직은 여려 뵈는 싹이라 하지만
뿌리는 땅 속 깊이 힘쓰고
어깨는 거칠고 단단했습니다

그렇지만 무리를 떠나서 홀로
진보라 제비꽃 속에 외로이 싹튼 놈은
아무래도 슬쩍
또 눈감아주고 말았습니다

불암산(佛岩山) 성 베네딕트 III

일 없이 종일 보냈노니
마칠 일도 없건마는

불암산 서쪽 마루에선
해 바삐 구르고
성당 곁 목련나무 가지에선 어느새
한 잎 두 잎
꽃잎 떨어집디다

그렇습니다
지는 꽃잎 따라서
이리저리 생각도 몇 잎
안타까이 내 살던 일들
깊이 헤아려 다시 바라봄직도 하건마는

또 어느새
헤아림도 생각도 하릴없이 무너져서

흰 꽃잎만 우수수 우수수
드날리곤 드날리곤 하였습니다

불암산(佛岩山) 성 베네딕트 IV

—새벽 묵상

청솔숲 쌓인 눈은 너무 무거워
차라리 겨울 지난 떡갈나무 마른 잎새
눈 맞는 소리에 오래 귀 기울인다.

마음을 한 겹씩 벗어 낙엽처럼 깔고 누워
마음이 각기 알몸으로 돌아가서
가볍게 가볍게 매 맞는 소리
들을수록 더 깊이 가려워지는 그 소리

내 육신의 실핏줄까지 모두 바스라질 듯
내 마음의 온갖 소리 모두 바스라지는
떡갈나무 마른 잎새 눈 맞는 그 소리

때늦은 삼월 관악산 함박눈 길
그대 함께 삼막사 향하던 길도
가다보니 그 길이 염불암 길이었네.

불암산(佛岩山) 성 베네딕트 V

누구 이런 불면증을 혹시 아시는지?

사흘 밤을 날눈으로 지새고 하릴없이
성당 앞 채마밭둑 수도사에게
구덩이 하나 파는 일 자청을 해서
그분 따라 말없이 파내려가던
꽃샘추위 찌푸린 그날

가슴팍까지 파묻혀도 그분 말이 없어
무슨 구덩인지 물었더니 호박 구덩이라네
무심한 한마디로
잠시 여닫힌 침묵
잠시 여닫힌 하늘
그 쨍한 빛이 더 어쩔해서
이렇게 큰 호박 구덩인 보도 듣도 못했다 하니
그제서야 그분 수줍게 웃으며

진짜 농사꾼 수사님께 배웠노라고
구덩이 클수록 호박도 크더라 하네
하기사 너무도 지당한 말씀
그날 그땐 때마침 하늘까지 파안대소

호박 구덩이 파던 삽자루 지팽이처럼 짚고서
불암산 제일봉 지그시 바라보았노니
그 붉은 이마바위
갓 솟은 연꽃 봉오리

불암산(佛岩山) 성 베네딕트 VI

호박 구덩이 하나를 개인호 구축하듯이
함께 파던 수도사가 이끄는 대로
수사들 사이 끼어앉아
커피 한 잔, 보리빵 한 조각, 새참 드는 사이
작업모 벗어 반짝, 알머리들 속에서
누군가 물었다, 불면증이 무엇이냐고
모두 갸우뚱, 묵묵부답
'지난밤 잠자다 깜박 깼는가, 이내 잠들었는데
그런 것이 바로 불면증인가?'
다시 한번 모두 고개만 갸우뚱
그들은 불면을 모르는 사람들
참으로 이상한 그 밝은 빛 속에 둘러싸여서
사흘 밤을 날눈으로 지새운
내 머릿속 복잡한 내장들
그들 앞에 펴 보이며 모두 기증하고 싶어지는
머릿속 자꾸 환해지는 이상한 대낮

누구 이런 불면증을 혹시 아시는지?

산에서 내려와서 · 하나

—김현에게 한 잎

그대 묻힌 날
삼차까지 마시고
또 밤새 나는
승검초가 되어 걸었다

질펀히 젖을수록 승검초 되는 건
어차피 마음 헤픈 술꾼의 버릇이지만
그날, 평론가 정현기는 자기 집
잘 익은 술단지 초저녁에 바닥내고
그만, 배웅이나 하겠다며 나선 그길로
정릉서 인사동 골목 '이화'로 '탑골'로
둘만 남아 터벅터벅 돈암동으로
새벽토록 이끌리던 맨발에 흰 고무신,

그의 신발 밑창이나 가슴 밑창도
승검초라면 승검초라면
그냥 승검초의 여느 마음 아니었으리

산에서 내려와서 · 둘

—김현에게 두 잎

귓가에 남은 그대 발소리
양평 강물에 띄우고
산에서 돌아왔지만
몇 날 밤인지

오늘은 물소리 곁에
내 작은 추억의 오두막 한 채
다시 짓는다

하룻밤에 엮고
하룻밤에 헐리는
아주 가난한 오두막 한 채

헐릴 때 물소리가
한정없이 물소리답다

산에서 내려와서 · 셋

인간의 말을 그토록 사랑했던
한 영혼을 갑자기 잃고
나는 한동안 어둠 속을 헤매었지
한 송이 말의 꽃과
한 덩어리 말의 침묵을 위하여.

내 입술에 봉사하던 손수건
정현기의 똥밑씻개로 내어주고
나는 문득 깨달았지

모든 위대한 시는
아름다운 똥밑씻개
마침내의 종교와도 같이
그것은 축축한 슬픔과 눈물의 기저귀.

지난날 내 정든 헛바닥에 즐거웠던
어떤 말의 성찬과 색색의 꽃묶음도

끝내는 어둠 속 긴긴 터널을 지나
마침내 한곳에 도달하였다네
오직 그곳에.

비로소 한 생애의 의미가 다시
바다처럼 열리는 수평선 위로
한 덩어리 말의 침묵이 빛나고
어둠의 문짝 부서지는
그 잔잔한 파열음.

내게 슬픔이 많은 까닭은·하나

내게 슬픔이 많은 것은
죄가 많은 탓일 게다

바람이 모래멍석을 말아올리듯이
슬픔이 미움을 말아올리는 언덕을
어제도
오늘도
또 그러께도
타박타박 눈썹이 허연 약대 한 마리

내게 슬픔이 많은 것은
죄가 많은 탓일 게다

내게 슬픔이 많은 까닭은 · 둘

외길이로다
무언부호의 점들처럼
어디론가 끝없이 찍어가는 발자국

그 발자국의 더듬이들 끝내
무릎 꿇고 고개 떨구는 곳
말없음과 말없음표
모두 지워지는 사막 어디쯤에서

하느님……

물기 그리운 봄날

아내가 바겐세일에서 사온
건포도 몇 알 먹다가
문득, 물기 그리워지는 봄날

창 밖은 온통 황사빛 하늘
해마다 이맘때면 몇 차례씩 이는
황사바람을 굳이 탓할 뜻은 없습니다

세월의 모래바람 속에서
투르판의 건포도처럼
어느덧 포도의 미라가 된
뜻 모르게 흘리다 만 지난날
내 눈물의 남은 건포도 한 줌이

불현듯 마음의 혓바닥에 매만져지고
마지막 남은 식량처럼
슬픔으로 번져왔기 때문입니다

작은 산문을 위한 노래

나는 알을 품었다
알을 품는 일은
노역보다 편하다고 흔히 말하지만
알을 품는 일은 외롭고 지겨운 일이기에
나는 나마저 속이고
또다시 알을 품었다
큰 새들은 알을 많이 품는다 들었으나
나는 언제나 하나밖엔 품지 못한다
작은 새가 하는 일은 자꾸만
품안으로 기어드는 수많은 알들을
밀어내고 또 밀어내는 일
내가 알을 품는 까닭이다
내가 알을 품을 때면
나는 더 많은 알을 낳는다
더 많은 알의 다른 자세를
알 하나로 품는 일이
더 많은 알을 품안에서 밀어내는 일이라 믿기에

며칠째 술을 거르고
며칠째 끼니를 거르고
작은 새의 품안에
한 끼의 알이 더 작게 안기기 위하여
나는 변기도 알 품는 자세로 타고 앉아
아내가 잠든 깊은 밤중에 홀로
오늘도 끊임없이 설사하고
알을 쏟았다
말을 쏟았다

떠돌이별에서 붙박이별에게

말은 통하지 않았지만
몇 번 다녀온
꿈속의 붙박이 그 별나라

어젯밤 꿈에도 그 별인가 안심했노니
더 멀리 더 낯선 어느 떠돌이별에서
애쓰다 오지 못하고 안타까이 꿈 깼네

그러나 아무리 꿈속 일이라지만
그 떠돌이 언젠가 다시 만난다면
무서움도 안타까움도
그리 낯설고 두렵지 않으리

이 세상 그 누가 고향 말씨 온전히 지닌 채
이 세상 끝끝내 붙박여 살 수 있을까
영영 돌아올 수 없는 그 떠돌이별일지라도
정들면

아하, 그 별?

사는 일도 꿈길처럼

어제 내린 눈 풀리다 다시 얼어붙은 길을
아무런 약속 없이 길 나섰습니다
언 땅에 표정 묻은 금 간 보도블록 조각들이
두서없는 마음속에 박혀와서 더 추웠습니다
내 마음이 아닌 길과 사는 일의 누추함이
서로 밀고 밀리다 조각난 겨울강
이마 부딪고 일어난 성에 조각들처럼
어떻게 바로 놓일 수 있을지

조각난 길 한 장씩 이어 걷다가
참으로 오래 전에 잊히었던
믿기 어려운 약속 하나 문득 떠오르고
보이지 않는 인부들 하나씩 돌아오고
돌아와 무심히 길 뜯어내고
으깨진 조각들 들어올릴 때마다
꽁꽁 언 마음이 풀려
새로이 생각이 깔리고는 하였습니다

아직 봄은 이르지만
더러는 기약 없는 길도 오래 걷다보면
산뜻한 물벼룩 내 뚝뚝 흘리며
덤프트럭에 모래도 실려오고
미리 터지는 꽃망울 소리에
마음 분주한 일도 생기는 모양입니다

굴원, 혹은 딸의 옛 친구를 위한 작은 미사곡

하늘이시여
배고픔과 외로움 중에
만일, 하나만을 택하라 이르신다면
저는 엄청 큰 나무 그늘 아래라 할지라도
노오란 꽃이파리 가녀린 싱아풀처럼
차라리 질기고 질긴 배고픔을 택하리니

그러나 멱라수의 굴원이여, 혹은
섣달 그믐날의 살얼음 낀 한강물에
강물보다 더 차갑게 뛰어든
대학 일 년 시절 내 딸의 옛 친구

배고파서 죽는 일은
서서히 외로워지는 일일 터이지만은
외로워서 죽는 일은
순간도 참을 수 없이
마음 배고픈 까닭이겠지요?

세상 모든 사랑의 큰 밥사발인

하늘이시여

올 가을 이슬 한 방울

―고(故) 선원빈 거사에게

올 가을엔
네 꼭 다녀가겠다던
내 고향 김포 대벽리에
너 세상 뜬 다음날
나 혼자 내려가서
상강 지난 고추밭에서 갈걷이를 하다가
울컥 올려다본 철없는 철새떼들
삐걱이는 가을하늘 빛이
나는 너무 억울했다

고춧잎 하나라도 거둘 때가 따로 있는 법
네 순하디순한 생애를 두고
세상 어느, 어느 누가
무슨 독한 마음 있어 허물할 수 있으랴만
독한 마음 아니면
허물 아니 삼으면서 보내기 또한 어려워라

고춧잎 하나라도 질 때가 따로 있느니……

눈길로 온 새 아침

어젯밤
밤새 내리는 흰 눈을
함빡 뒤집어쓰고
어느 의사 한 분이
잠시 다녀갔습니다

한없이 사람이 그리운 길처럼
가늘고 걷기 힘든
내 오른 손목의 흐릿한 맥박을
그의 손끝에 잡힌 채
혼곤히 잠든 사이
그가 어떤 모습으로 돌아갔는지
알 수는 없지만

눈이 그친 이른 아침
집 앞 어디에도
아직은

사람의 몸무게에 짓눌린
눈자국 같은 것은 아니 보입니다

상사화

눈썹 못내 섭섭한 푸른 잎줄기들
모두 모두 시든 후에야

꽃대궁만 쭈뼛쭈뼛
잎 따로 꽃 따로 피는 상사화여

네 항상 뒤늦은
뉘우침으로 실눈 뜨는 꽃

속살마저 비칠 듯 비칠 듯
분홍빛 꽃물

모두 네 타고난 살결의 다른 설렘이요
네 한 마음의 다른 모습뿐인 것을

이제 그 누가 항상
네 곁에 지켜 있어 짐작이나 해주리

소곡(小曲)

강화 앞바다 수평선 위에
보름달 하나 겨우 건져올려놓고
끓는 가마솥처럼 부풀었다가
종발에 깜정콩처럼 졸아붙었다가

일 년 내내 가슴 언저리가
매양 조수에 그렇게 쓸려서
온통 근지럽고도 쓰라린
그런 밤하늘로 떠 있는 당신

산(山)

무슨 이름 지을 산은
꼭 아니라도
만년설(萬年雪) 날리는
깃대 꽂을
지상의 새로운 한 끝은
꼭 아닐지라도

아직 오르지 못한
당신의 가슴팍을 타고 오르는
아슬한 나의 마음

그리움이 끝나는 곳엔
언제나
한 산마루가
뉘엿한 일락(日落)이 있습니다
그리고
미망(迷忘)의 숲속으로 이끌리던 산 밑이

와락, 모두 그리워지는
그냥, 더 살고만 싶어지는
그리움과 죽음이 뒤바뀌는
한 산마루가

무슨 이름 지을 산은
꼭 아니라도
크나 작으나 자꾸 생겨납니다.

길

이따금 밤하늘을
혼자 올려다볼 때마다

초등학교 교과서에도 나오던 그 흔하디
흔한 별자리 몇 개도 제대로
외우지 못하는 못난 주제에 이따금
밤하늘을 올려다보며 나는
알 수 없는 별을 그리워한다

나에겐 그리움이란
열 살 미만 아이 때처럼
마냥 타박거리는 마음일 듯싶다

보통리에서 돌아오며

—홍신선에게

언젠가 네가 이끄는 대로 쫓아가본
수원 보통리 저수지
시절 없는 낚시터 어귀에
라면과자 몇 봉지와 소주 몇 병과
개점 휴업중인 우체통 하나
요즈음은 누가 더 찾을는지……

호수 저편엔
띄엄띄엄 브로크담 몇 채
그 뒤론 낮은 산, 또 그만그만한 산들
더 낮은 능선들 단조롭게 엎드렸고
산그림자 드리운 잔잔한 수면이
조용히 떠 있는 물오리 몇 마리가
잠시 마음에 편했다. 그뿐이지만

너는, 저 물오리떼가 저 산맥들을
모두 떠메고 날아와 앉았다며

그런 것이 시라며 웃겼고
나는, 저 산맥들을 떠메고 오기엔
저 물오리 몇 마린 너무 빈약하다며
그런 것은 사기시라며 웃겼다

보통리에서 돌아오는 길도
내내 그렇게 우린 서로 웃겼지만
사도세자 넋을 위해 세웠다는
용주사 부근을 지날 때
차창 밖으로 네가 가리키는
뿔 없는 용
용주사 편액을 바라보는 그 순간
불현듯 나는
이 시대의 사기시들과
너의 꿈과의 거리를 뜨겁게 느꼈다

농사꾼은 아니지만

해마다
남수원 고향 논배미 뜨지 못하고
어림없이 어림없이 우쭐우쭐
개뿔 같은 헛것들, 쑥대머리 덤불들
논두렁 접어 눕히고 눕히는
너의 숫돌과 시
그 단호함과 허리 숙임을
또 웃길 순 없었다

너를 다시 흔들어보니
내가 흔들린다

이곳에 살기 위하여
—김포군지 발간에 즈음하여

이곳 사는 이들에게
더도 말고 덜도 말고
장릉 수풀 순한국 낙락장송처럼
세세연년 벅찬 꿈으로
이 땅 버티게 하소서

이곳 사는 이들에게
더도 말고 덜도 말고
홍도평 큰 벌 같은 가슴 지니게 하소서
온갖 다툼과 시련, 눈물의 강 쉼없이 내려도
그 강물 모두모두 껴안을 수 있는
마음 넉넉함 항시 지니게 하소서
그 넉넉함으로 밀어올린 봄 잎사귀들
한여름 젊음 같은 의지의 양 어깨
으쓱으쓱 으쓱으쓱 다시 일으켜
이곳 사는 이들
모든 이들 우러러 그리는 하늘의 지붕

그립게 떠받칠 초록기둥 기르게 하소서

이곳에 살기 위하여
더도 말고 덜도 말고
문수산 같은 눈빛으로 앞을 보게 하소서
한강의 기적을 이곳의 기적으로 이루게 하고
강화섬 너머 서해로 흘러들어
서녘 바다 너머 세계의 끝까지
꿈꾸는 한강물 언제까지 지켜 서 있는
형형한 문수산 먼 그 눈빛으로
앞을 보게 하소서
앞을 보게 하소서

4부

나는 다시 걷기 시작했다

나는 다시 걷기 시작했다.
달리면?
그야 신나지!
폭포처럼
폭죽처럼
겁없이 떨어지고, 겁없이 솟구치고
온몸 산산이 터뜨리면 더 신나지
비행기 타고 날다가, 문득 꿈 깰 때 새똥처럼
뚝 떨어지면 더욱 서늘하겠지
그러나 새는
날 수는 있어도
살 맞아 죽기 전엔 떨어질 수 없듯이
인간은 몸은 날 수가 없으니
빠른 것을 너무 그리워하는 것일까?

온 세상이
빠른 것을 향해, 빨리 탈것을 향해

이리 뛰고 저리 뛰고
숏구치고 떨어지고
정신없이 내달리다가 부딪혀 엎지르고
통천문(通天門)을 사이에 두고
남산 터널을 사이에 두고
세상은 속도전(速度戰)으로
치달리며 우우 몰리는 이때
나는 어이없게도 다시 걷기 시작했다

수술 환자 뱃속에
가위 집어넣고 봉합하는 의사도
의사 행세하고 대접받는 것 같은 일들
천왕봉(天王峯) 장터목 쓰레기처럼 널린 세상
어디 놀랄 일 따로 또 없건마는
진짜 산꾼은 산 타러 떠날 때
매번, 유서 한 통 남겨두고 집을 나선다는
시인 이명주의 그 얘기에

나는 가슴 미어졌지

늘 미루기만 하던 뒤숭숭한 서랍들
무슨 미친 맘 들어 대강 정리하고
쓸데없이 미련 두던 메모들도 버리고 나서
이젠, 갑자기 죽는다 해도
마음이 조금은 놓이는구나
그런 생각 문득 드는 까닭에
백운대 가볍게 올라서서
불두(佛頭)처럼 편안한 인수봉 건너보며
진짜 산꾼의 진짜 유서 얘길 들었지
진짜 산꾼은
항룡(亢龍)은 몰라도 주역은 몰라도
사는 일, 오름도 내림도 어렵지마는
내림이 오름보다 더 어려운 것을
온몸으로 지킨다는
이 평범한 진실 앞에서

나의 오른쪽 무릎은 갑자기
화염병을 맞은 듯
온통 화끈거려서 절로 주저앉았지

그렇지만 실은 그때부터
나는 다시 걷기 시작했다
백운대에서 서초동까지
나의 마음은
도저히 감당할 길 없는 그 거리
그 엎질러진 세상을
아득히 내려다보며
나의 고장난 다리를 향하여
우리 이젠 새로 걷자
속으로 다독거려줬지
늦가을 오후 다섯시의 산그림자 속으로
빛깔 흐려지는 단풍숲 속으로

깔딱고개에서 이미 여섯시를 넘기고
진한 어둠 속
손전등도 없는 하산길
무릎 딱딱 마치고 발길 뒤엉킬 때마다
수통의 물 한 모금, 담배 한 대
몸은 잠시 주저앉히고
마음은 그냥 세워둔다
휴식은 짧을수록 달다, 그리고 또하나
나그네는 품안에
길 찾을 불빛 하나는
늘 지니고 있어야 되지?

드디어 도선사로 내려섰지
주차장엔
탈것들, 빠른 것들 즐비하다
먼저 달리는 것들은 기세등등하군

그러나, 아무 부러움 없이 나는 걷는다
천천히, 더 천천히
뭉친 실은
마음이 급해서 뭉쳐진 거고
내던지면 그건 자살이다
옛날 손바느질 시절
바늘귀에 실은 꿰어줘도
매듭은 아니 지어주는 것을
나는 어린 시절 보면서 자랐다
매듭은 저승까지 따라간단다

여덟시 조금 넘은 숲속의 어둠
향수처럼 이끄는 가야금 소리에
반은 호기심으로 찾아가본 '고향산천'
원래는 고급요정 호사 떨던 기와집
나는 소주, 명주는 맥주, 파전에 곁들였다
애쓴 뒤에 취하는 작은 휴식

나의 마음과 무릎은 한껏 호사롭다
영업이 끝났단다 어느새 아홉시 반
다시 걷기로 한다 걷기로 마음먹으니
세상 부러울 게 없는 듯하다
종업원 아가씨들이
퇴근버스니 타라고 한다
아니 타도 되지만 아니 탈 까닭은 무엇인가?

수유리 지하철역에서
둘은 문득, 미아리텍사스로 향한다
퇴근버스 얻어탄 인정 탓인가?
맥주 몇 병을 비우는 사이
마담 아가씨에게 수지침을 꽂아줬다
그들에겐 술은 밥이며 독약이며 꿈이다
다행히 돌팔이의 체면이 섰다
아가씨 손도 안색도 조금 풀린다
고마워서 서비스로 맥주 한 병 낸단다

술은 고맙게 먹고 술값은 굳이 줬다
텍사스촌 방 안엔 잘 안 어울리는
긴 액자 속의 '佛' 자가 맘에 든다
수렁에 핀 연꽃들이여
아니, 노오란 달맞이꽃이었던가?

명주는 나이 사십 넘고도 전교조 들고
민주동문회라는 것의 회장도 맡고
마음 고생이 많은 줄 안다
그러나, 지난 여름
술집에 그 혼자 남겨두고
나는 나와버렸었다
대학 때 월광곡 들으며 함께 운 적도 있다
위를 절반 이상이나 잘라낸
그의 양미간엔
큰 점이 하나 있다
그게 명주의 시 같다

지난 여름 이후
처음 만난 그와 좀더 있고 싶어서
미아리 너머 그의 집 가까운
생맥주집에서 통닭을 뜯었다

텍사스의 '佛' 자에서 봉구가 나왔다
주역을 함께 읽은 그는 불교신자다
그래서 그런지 다른 건 몰라도
그는 아무리 모기가 떼로 덤벼도
때려잡는 법 없이 휘휘 쫓기만 한단다
송백(松柏) 씨 한 알을 오래 맛보는 듯한
생의 그 한 아름다움 때문에
나는 미아리에서 서초동까지
다시 무작정 걷고 싶어졌다

'벌써 열두시 넘었는데 망령났수?'
돈암동 네거리에서 남북으로 헤어지며

'형님, 다리 조금 풀다가 타고 가슈'

'그래, 우리집에 전화나 해다오'

그는 믿지 않았다

나는 절름절름 걷기 시작했다

새벽을 가르는 자동차들이

쌩쌩 옷소매를 스친다

'너, 미쳤니? 미쳤니?'

그래, 나도 한 번쯤은 미친 쪽을 택하고 싶다

보문동에서 신설동 네거리, 오른쪽으로 돌아 창신동에서 길을 건너, 동대문에서 곧장 청계천, 서울운동장으로……

아, 저긴 계림극장이군

어릴 땐, 유랑극단 배우가 되고 싶었지

'지금은?'

'직업 배우는 생각 없어'

'그럼, 네 생은 취미인가?'

장충할매족발집 조금 못 미쳐서
공원 쪽으로 길 바꿔 걷는다
길 건너 장충체육관이 무슨 태곳적
거대한 구갑류의 화석 같다
'화석?'
'씨에프야, 씨에프! 거 왜 산업 로보트 팔 철꺽거리는
티브이 광고!'
'지금도 그런 씨에프 아직 있나?'
'지식인은 티브이 잘 안 보지?'
'그럼, 넌?'
'아무튼 냄새나는걸, 고약해!'
'첫째, 눈이 따가워서 앞을 볼 수 있어야지'
'그래, 눈시울이 뜨거워지는걸'

걸어보니 과연 그렇더군
오르막은 되도록 보폭을 짧게
적당히 내밀수록 힘에 덜 부치고

내리막은 가속도와 중량이 함께 실려
정말 조정하기 지난하더군

내심으로 한남대교 쪽을 택하였으나
건널목 없는 대로가 무진 무서워
어쩔 수 없이 하얏트 쪽 언덕을 기어올랐지
'그 약골로 미아리서 여기까지?'
'거짓말!'
'에잇, 미친놈!'
하얏트 불빛들이 혀를 찼다
아니다
그들은 나를 거들떠볼 겨를이 없다
이태원 쪽을 어림잡고
첫번째 만나는 남향길로 꺾어든다
방향 잡는 것은 확신해도 좋지만
모르는 길은 전적으로 믿을 수 없지
그러나

어차피 모르는 길은 만들며 가는 거다
그렇지만
필경 지름길엔 미혹함 있으렷다
과연, 언덕일 리가 만무하건만
또, 언덕이 나타나데!
이쯤에서 그만 하고 택시나 기다려볼까?
'온 것이 억울해?' 대답은
'아니!' 라고 했지만, 사실은
그렇다. 나는 가던 길 마저 걷고 싶다
모르는 길은 지척이 천 리
쩔뚝거리며 막막히 오르는데…… 에잇!
누가 큰 입을 따악 벌리고
재수 없이 껄껄댄다
아니, 내가 앙천대소했다
'오밤중에 별 미친놈!'
'삼호터널이 뭐가 그리 우스워!'

애써 오른 길을

애써 내려와야만 하는 분함과 억울함

그렇지만 더 분하고 억울치 않게

요만큼만 헤매다 길 찾은 것 다행으로 알아라

이태원 텅 빈 네거리에서 신호를 기다린다

'참, 모범시민이지?'

'좋아하지 마라. 네 고장난 다리가 그렇게 시켰을 뿐이
다'

신호를 받고도 나는 바삐 건넌다

여자 끼고 가는 서양아이 하나

모처럼 스치고 혼자 비척거리는데

저건 또 누구지?

어떤 사내 혼자 사발면을 먹는다

방금 그 서양아이는

한국산 거지로 보았을까?

부근 어디, 라면 자판기라도 있는 걸까?

혹시

택시비 없어서 버스비로 라면 사먹고
나처럼 멀리 걷기로
작정하고 떠난 사람이라면?
나는 속맘으로
배낭 끌러 커피 끓이고, 그의 호주머니에
지전 몇 장 지그시 찔러주고 나서
그러곤 말없이 헤어져 걷는다

걸었다. 드디어
새벽 네시의 텅 빈 잠수교 위를
손에 잡힐 듯 잡힐 듯 저 강물들
저들은 어디서 왜
얼마나 걸어왔을까?
잠수교에서 보는 강물은
모두들 걷고 있었다
무수한, 걷고 또 걷는 강물들과
나는 일일이 악수할 순 없었지만

대신, 말없는 도시의 불빛들이
그들의 어깨를 부드럽게 짚어주었다
한강물은 흐르지 않았다
한강물은 달리지도 않았다
한강물은
천천히 천천히 걷고 있었다
보았는가?
새벽 네시의 잠수교를 걸어보았는가?
걸어보기 전엔 아주 못났다고, 나도
생각했던 그런 다리였지만
인적 끊긴 이런 새벽 한번 걸어보라
걷고 또 걷는 강물들과 함께 그냥
오래오래 걸어볼 수 있는
잠수교는 서울에서
가장 아름다운 다리다

잠수교를 뒤에 두고

가파른 시민공원 입구를 오르다가
드디어 나는
나의 오른 무릎에 일단 굴복한다
동굴 속 같은 계단 중간에 앉아
담배 한 대 천천히 붙여물고
타다 남은 성냥개비를 무심코 던진다
불현듯
저 성냥개비 다시 볼 수 있을까?
저것은 주역의 어느 점괘에서
홀로 떨어져나온 막대기일까?
유시유종(有始有終)이요 무시무종(無始無終)이라
비롯함을 근원으로
마침내 돌아갈 곳은 어디인가?

'여보, 나 미아리서 걸어왔어'
'당신, 미쳤수? 뭐 하러 그짓이유?'
'그래, 나 미쳤어. 그렇지만 왔다'

아내는 나의 말을 거들떠보지도 않았다
엉금엉금 기어 잠자리에 눕는다
새벽 다섯시!
애벌레가 번데기 되고
번데기가 나비 되고
나비는 누구인가
애벌레인가 번데기인가

나는 다시 걷기 시작했다

청산 가는 길 위의 모놀로그

윤제림(시인)

1

김정웅 시인은 문학보다 연극을 먼저 만난 사람이다. 바꿔 말하자면, 연극은 그에게 첫사랑과 같은 존재다. 당연히 쉬이 잊힐 수가 없다. 싱거운 첫사랑이라도 그럴 텐데, 상대가 연극임에랴. 그 고단위의 자극에 흠씬 젖었을 젊은 날의 잔영(殘影)은 아직도 그를 전방위로 옭아매고 있을 것이다. 대부분이 육체의 기억일 그 집요한 무대의 추억은 몸 구석구석에 흔적이나 상처로 남아서 무시로 오감을 흔들어댈 것이다.

연극은 시간도 공간도 간단히 흔들고 뒤집어놓는다. 그것은 차원을 이동하는 아주 편리한 탈것(vehicle)의 하나다. 낡고 오래되었으나 기능은 그 어떤 첨단의 교통수단에 비할 바가 아니다. 일상의 질서와 장벽쯤은 훌쩍 뛰어넘는다. 단점이 있다면 승객이나 화물의 원형 보존이 어렵다는 것이다. 질량이나 형질의 변화는 없으나 크기나 형태 따위는 천변만화가 다반사다.

어쩌면 그것이 연극의 매력인지도 모른다. 연극의 리얼리티는 현실의 재현에 있는 것이 아니라 현실의 재편에서부터 나온다. 하여, 버들잎을 닮은 가녀린 여인이 몇 걸음만 떼어놓아도 무대가 흔들거리고, 가슴 깊은 곳의 소리없는 맹세가 극장의 지붕을 들썩이게 한다. 시와 연극은 닮았다.

지구가 따뜻해지니
철새도 어느 곳에선
텃새 됐다지?

텃새 된 철새는 고향 놔두고
편히 살기 위해 고향 버린 셈이지만
텃새는 고향 떠나본 적 없으니
아예 고향이 없는 새일까?

인간이 지구의 텃새라면

두고 온 고향은 그 어디일까?

—「지구의 텃새」 전문

터무니없이 커다란 날개를 지닌 새 한 마리가 빈약한 나뭇가지 위에 앉아 있고, 깡마른 사내가 쪼그리고 앉아 퀭한 눈으로 허공을 응시하고 있는 무대가 떠오른다. 객지가 제 땅이 된 새와 언젠가 떠나온 고향을 찾아가고 싶은 텃새의 사연이 우리 삶의 무대를 단숨에 우주로 확장시킨다.

연출가가 지구라는 무대를 무한한 상상력의 스크린으로 바꿔놓는 사람이라면, 시인은 시라는 연료로 독자를 저 상상력의 대기권 바깥으로 밀어올리는 사람이라 해도 좋지 않을까. 시인은, 말하자면 시인은 유인우주선을 쏘아올리는 사람이다. 이 시집 안의 많은 작품들이 시인을 그렇게 정의하는 것에 동의하고 있다.

김정웅 시인은 우리 삶의 무대가 적어도 지구라는 이름의 이 비좁은 별에 국한된 것은 아니란 것을 알려주려는 사람임에 틀림없다. 인간의 시간이 과연 이 답답한 현생(現生)이 전부인가 하는 오래된 숙제 앞에 결가부좌로 앉아 좀더 반듯한 대답을 내놓으려는 성실한 학생이라 해도 좋을 것이다.

그런 관점에서 그의 두번째 시집 『천로역정, 혹은』(1988)에 실린 '시인의 말'은 십육 년 만에 내놓는 이 시집의 독자를 위해서도 무척 고마운 고백이다. 특히 다음과 같은 대목,

> 나는, 도저히 자신할 수 없는 삶의 어떤 부분까지도 포함된 나에게 어울릴 수 있는 그런 꿈을 지니고 살고 싶고, 그 꿈을 똑바로 꿈꿀 수 있기를 원한다. 그리고 그 똑바로 꿈꾸는 나의 꿈을 직접 확인하고 만나고 싶다.
>
> 나는 누구인가?
>
> 나는 내가 끊임없이 궁금하고 끊임없이 염려된다.
>
> 나를 끊임없이 만나보고 싶다.
>
> 그래서 나는 시를 포기할 수가 없다.

은 그가 여전히 '천로역정(天路歷程)'의 머나먼 길, 쉽사리 끝나지 않을 길 위에 서 있음을 보여준다. 아니, 그 길은 영원히 끝나지 않을 길이다.

텃새의 고향을 찾아가는 길이 만만치 않은 까닭이다. 이를테면 그 길은 "우선은, 목숨의 풀무질부터 열심히!/ 들숨 날숨 따라 눈금을 긋고/(……)/그 눈금의 털끝마다

/천수천안(千手千眼) 또 새"겨야 하는 「좁은 문」의 길이다. "타박타박 눈썹이 허연 약대 한 마리"(「내게 슬픔이 많은 까닭은·하나」)의 길이다. 어둑신한 눈으로 바투 보면 "가을하늘 빛이 나는 너무 억울"(「올 가을 이슬 한 방울」)한 길이다. "열 살 미만 아이 때처럼/마냥 타박거리는 마음"(「길」)의 행로다.

텃새의 고향은 멀다. 눈물이 돌이 되고, 돌이 눈물이 되는 세월만큼을 날아가야 하는 곳이다. 그 역정을 이름 하여 업(業)이라 한다. 시인의 그것을 일러 시업(詩業)이라 한다. 카르마(Karma)!

눈물의 돌
돌의 눈물
시의 돌에 새겨보는

못물에 비친 기러기들
못물 밖의 울음소리
　　　　　—「아무리 다듬어도 끝낼 수 없는」 전문

시인은 생의 절반을 길에서 보낸다. 그 절반의 시간을 길 위에 발자국을 찍으며 보낸다. 그 발자국의 수효로 세상의 넓이나 둘레를 재는 사람이 시인이다. 아울러 인생이 몇 걸음이나 걸을 수 있는 시간인지를 재고, 몇 산이나 오르고 꽃피는 것은 몇 번이나 만날 수 있는지를 헤아리는 사람이다. 길의 이쪽 끝과 저쪽 끝을 보고 오는 사람이다.

해서, 김정웅 시인은 향리의 산을 오르며 "문수산 두 번 오르니 사람의 한 생애"(「두번째 문수산」)임을 알아낸다. 먼저 간 길동무 한 사람을 묻고 산을 내려와서는 "신발 밑창이나 가슴 밑창"(「산에서 내려와서·하나」) 모두 질편히 젖어 승검초가 되도록 걷는다. "무언부호의 점들처럼/어디론가 끝없이 찍어가는 발자국"(「내게 슬픔이 많은 까닭은·둘」) 끝에 '하느님……' 하는 탄식이 터져나오는 지점이 우리 사는 별의 끝임을 발견한다.

다행스러운 것은 길 끝까지 갔다 오는 사람의 전언이 비관이나 절망으로 빠지지는 않는다는 점이다. 이를테면, 「떠돌이별에서 붙박이별에게」라는 시의   .

이 세상 그 누가 고향 말씨 온전히 지닌 채

이 세상 끝끝내 붙박여 살 수 있을까

와 같은 부분이 실향의 아픔이나 위무하는 범속한 수사로
떨어지지 않는 것은

영영 돌아올 수 없는 그 떠돌이별일지라도
정들면
아하, 그 별?

에서처럼 우주를 향한 대긍정(大肯定)의 사유가 든든한
울타리를 치고 있음에서다. 그러한 광대무변의 세계인식
은 "천지간에 내가 있는 곳이면/잠시라도 그곳은 나의 집"
(「불암산(佛岩山) 성 베네딕트 I」)이란 언명에서 잘 드러나
보인다. 그 평화롭고도 낙관적인 시인의 인식은 시간과 인
간의 불화를 중재하는 데에도 큰 효용가치를 드러낸다.

아직 봄은 이르지만
더러는 기약 없는 길도 오래 걷다보면
산뜻한 물벼룩 내 뚝뚝 흘리며
덤프트럭에 모래도 실려오고
미리 터지는 꽃망울 소리에

마음 분주한 일도 생기는 모양입니다

　　　　　　—「사는 일도 꿈길처럼」 중에서

　덤프트럭에 실려오는 젖은 모래에서 물벼룩 냄새를 맡
고 꽃망울 터지는 소리를 듣는다는 것은 얼마나 싱싱한 희
망의 발견인가. 그 시행(詩行)들 사이로 봄의 통로가 보인
다. 어느 강변 모래톱으로부터 건설현장에 이르는 지방도
로와 국도가 보인다. 저 엄혹한 계절 겨울의 만행도, 이제
야 나타나는 느림보 봄에 대한 원망도 모두 관용으로 덮어
지는 길이다.

　말투부터 만물을 녹인다. 마지막 시행의 "……생기는
모양입니다"와 같은 어법은 아무도 죄스럽거나 쑥스럽지
않게 만드는 힘이 있다. 사랑의 힘이다. 화해와 용서는 직
선이 아니라, 구불구불 고개를 넘어 모두를 보듬고 매만지
는 곡선의 길임을 느끼게 한다. 새삼 시인의 연륜이 짚인
다. 그러고 보니, 시인은 올해 시력(詩歷) 삼십 년과 이순
(耳順)을 동시에 맞는다.

　이 시집은 환력(還曆) 기념공연이다. 혼자 하는 연극이
다. 그래서일까. 대부분은 독백이다. 시인은 결코 일방통
행으로 언성을 높이지도 않고 순리의 언로(言路)를 가로
막지도 않는다. 한 고개 넘어온 나그네가 산허리에서 담배

한 대 피워물며 중얼거리듯이 자신의 얘기를 남 이야기 하듯 한다. 길 위의 독백.

김정웅 시인의 세트 하나가 길에 있다면 또하나는 청산에 있다. 그는 우리네 병든 마음의 약이 산수간(山水間)에 있음을 아는 사람이다. 그곳에 진단과 처방이 함께 있음을 안다. 하여 그는 "저물녘 추포(秋浦)의 풀벌레 소리/무슨 응급의 전화벨 소리"(「대명포구에서」)를 들으며 "세상 모든 사랑의 큰 밥사발인/하늘"(「굴원, 혹은 딸의 옛 친구를 위한 작은 미사곡」)에 예를 갖춘다.

시인의 청산행은 "그 붉은 이마바위/갓 솟은 연꽃 봉오리"(「불암산(佛岩山) 성 베네딕트 V」)를 만나러 걸어서 가는 길이다. "사람의 몸무게에 짓눌린/눈자국 같은 것은 아니 보"(「눈길로 온 새 아침」)이는 순백의 설원으로 통하는 길이다. 물소리 하나에서 적빈(赤貧)의 순수를 배우고 적멸의 평화를 배우러 학교 가는 길이다. 다음의 시 아니었으면 우리 어찌 "헐릴 때 물소리가 한정없이" 아름다운 것을 알겠는가.

백담사 밤 깊은 골물 소리에
마음 묶였다 풀리고
풀리다 다시 묶이고

물소리 움켜쥐면 물 없고
물 움켜쥐면 물소리 없고……
잠깐, 그 골물 움켜쥐면?

　　　　　　—「마른 작설잎 기지개 켜듯이」중에서

오늘은 물소리 곁에
내 작은 추억의 오두막 한 채
다시 짓는다

하룻밤에 엮고
하룻밤에 헐리는
아주 가난한 오두막 한 채

헐릴 때 물소리가
한정없이 물소리답다

　　　　　　—「산에서 내려와서·둘」중에서

'수처작주(隨處作主)'라 하였던가. 시인은 길에서는 길의 주인이 되고, 산에 들면 산중주인이 된다. 금력, 권력이 있을 리 없는 주인 노릇이지만 주인공이 된다는 것은 어떤 무대에서나 가슴 벅찬 일이다. 길을 알고 산을 안다는 것은 풀과 별과 바람과 하늘의 루트를 안다는 뜻이다.

군이 역할을 설명하자면 조물주의 스파이다. 아니, '간자(間者)'라 하는 편이 옳다. 한쪽에는 하늘의 뉴스를 제공하고 한쪽에는 지상의 소식을 전한다(시를 읽는다는 것은 시인이란 이름의 간자가 수집해온 고급의 비밀을 알게 되는 것이다). 너무 많은 비밀을 갖게 되면 견딜 수 없는 법. 저 임금님의 이발사처럼 대나무밭에라도 가서 은밀히 쏟아놓아야 병이 되질 않는다. 그렇기에, 눈물 한 방울 흘리는 일에 팔만사천 번의 논의가 필요한지도 모른다.

　　가령, 눈물 한 방울일지라도
　　내 몸이 어느새
　　팔만사천 번쯤의 의논 끝에
　　넌지시 밀어내는 눈물이라면
　　틀림없는 어떤 감격이 아주 없을 수는 없을 것이니
　　　　　　　　　　　—「내 몸이 어느새」 중에서

그 감격의 눈물이 이르는 곳은 어디인가. "모든 위대한

시는/아름다운 똥밑씻개/마침내의 종교와도 같이/그것은
축축한 슬픔과 눈물의 기저귀"(「산에서 내려와서·셋」)였다
가, 이슬이었다가 마침내는 우주의 길로 접어든다.

　　솔잎이 이슬방울
　　꿰었는가 싶었더니

　　이슬들
　　이슬 속 솔잎 밀어내고

　　허공에서 이슬들
　　솔잎 밀어내고

　　아득하구나
　　저 우주로……

　　　　　　　　　　　　　　　—「이슬 속의 솔잎」 전문

　이슬에게도 제 길이 있다. 솔잎이나 소나무의 길이 아
니다. 이승의 헛것들을 밀쳐내고 스스로 저 진공묘유(眞空
妙有)의 허공이 되는 길이다. 지령도 약속도 없이 순전히
제 의지로만 저 우주 끝까지 굴러가는 이슬의 길이다. "헛

것이면/헛꽃 그대로 피워보"(「석 달 열흘 배롱꽃처럼」)다가 화장터에 이르는 길이다. "갠지스 강 높이 뜬 달/보름인가 했더니 열나흘 달"(「바라나시 시편·하나」)의 길이다.

"이승의 쇠그물 속 졸업한/말이 그냥/시가 되는 사람"(「미당(未堂)의 휘네스 꽁초」) 스승 미당이 걸어서 간 청산의 길이다. 백운대에서 서초동까지 밤새워 걸어서 간 길이다. 혼자 가는 길이지만 모두가 가는 길이다. 김정웅의 시는 그 길 위의 모놀로그다. 아니, 그것은 길 위의 노래다.

강화 앞바다 수평선 위에
보름달 하나 겨우 건져올려놓고
끓는 가마솥처럼 부풀었다가
종발에 깜정콩처럼 졸아붙었다가

일 년 내내 가슴 언저리가
매양 조수에 그렇게 쓸려서
온통 근지럽고도 쓰라린
그런 밤하늘로 떠 있는 당신

　　　　　　　　　　　　—「소곡(小曲)」 전문

우주를, 인간의 우주를 어찌 알알이 다 헤아리랴!

나에게 시란 무엇인가, 왜 시를 쓰는가? 편집자가 요구한 이 물음 앞에서 나는 아직도 머뭇거릴 수밖에 없다.

왜냐하면, 이 물음은 이제껏 내 삶과 시의 어느 고비마다 어김없이 출몰했고, 어느 때 그 가공할 칼날을 또 내 목에 들이대고 위협할지 모를, 도저히 정답을 말할 수 없는 어떤 형성되는 수수께끼와도 같은 그런 물음이기 때문이다. 마치 『천일야화』의 샤푸리야르 왕에게 매일 밤마다 목숨을 걸고 그럴듯한 이야기를 제공할 수 있어야만 살 수 있었던 세헤라자데의 운명과도 같이.

그러나, 이제 새삼스럽게 무슨 단순한 대증적(對症的) 수사를 더 궁리하거나 머뭇거릴 시간은 없어 보인다. 아니, 그보다는 나이 더 들수록 오히려 더 서슬 퍼런 이 물음 앞에서 이제는 차라리 오랜 친구에게처럼 허물없고 쉽고 짧게 대답하기로 한다.

그렇다. 나는 나에게 주어진 삶을 제대로 이해하고 제대로 감당하기 위해 시를 쓴다, 라고.

왜냐하면, 어떤 누구의 삶이든 삶이란 시시각각이 보이는 길이기도 하지만 보이지 않는 길이기도 하기 때문이다. 달리 말하자면, 달을 가리키는 손가락을 따라가다보면 두 가지 길이 있을 것이다. 보이는 길과 보이지 않는 길, 손가락 끝까지는 보이는 길이고 그것이 가리키는 연장선상의 어떤 가능한 방향들은 안 보이는 길이다. 그러나 그 길은 또한 남쪽 하늘에서 북두성을 찾는 일, 그것처럼 엉뚱하고 지난한 길이기도 하다.

그래서, 그 가능한 모든 길들을 어김없이 새롭게 끌어안으려는 방법적 길 찾기가 내 시의 길이기는 하지만 그러나, 그렇다고 해서 진흙과 구리를 알기 위해 세상의 모든 진흙과 구리를 다 알아야 한다고 미련 떨고 싶지는 않다. 나는 공부가 많이 모자라지만 그것은 오히려 시인의 길이 전혀 아닌 것으로 안다.

나에게 시란 궁극적으로 우주적 함축, 혹은 내재된 우주적 폭발을 지향하는 시도적 대화의 직관언어이기 때문이다. 우주를, 인간의 우주를 어찌 알알이 다 헤아리랴!

마른 작설잎 기지개 켜듯이

ⓒ 김정웅 2004

초 판 인 쇄 | 2004년 12월 2일
초 판 발 행 | 2004년 12월 15일

지 은 이 | 김정웅
펴 낸 이 | 강병선
책 임 편 집 | 차창룡 조연주 황문정 이상술
펴 낸 곳 | (주)문학동네
출 판 등 록 | 1993년 10월 22일 제406-2003-045호

주   소 | 413-756 경기도 파주시 교하읍 문발리 파주출판도시 513-8
전 자 우 편 | editor@munhak.com
전 화 번 호 | 031) 955-8888
팩   스 | 031) 955-8855

ISBN 89-8281-917-7 02810

www.munhak.com

문학동네 시집